산사에서 부르는 침묵의 노래

산사에서 부르는 침묵의 노래

月松 지음

프롤로그

스님이 된다는 것은
곧 나를 버리는 것이다.
욕심과 번뇌를 내려놓아야 하고
삿된 마음과 이기심도 버려야 한다.

불교에 입문하는 스님이나 신도들의 가르침인 『초발심
자경문』에 이런 구절이 있다.

"삼일수심천재보三日修心千載寶
백년탐물일조진百年貪物一朝塵"

삼 일 동안만이라도 마음을 갈고 닦으면 천 가지 재물
과 보배를 쌓은 것과 같고, 백 년 동안 탐내어 가진 물
건은 하루아침의 티끌과 같이 허망하다는 뜻이다
하지만 머리를 깎고 출가한 지 40여 년이 되었건만 아
직도 난 나를 버리지 못하고 부질없는 세속과의 인연
속에서 방황하고 있는 듯하다.

한 편의 시를 모아 책을 낸다는 건 아직 때 묻지 않았던

유년의 순수함이 고이 묻어 있던 그때를 회상하며 느껴보는 아련함이랄까.

그때의 삶과 지금의 삶이 더러 바뀌긴 했지만 어린 시절 뛰놀던 산과 들, 그리고 맑은 공기와 물빛은 변한 것이 없는데 우리가 생각하는 사고는 그 시절과 너무나 동떨어져 있지나 않는지.

여름밤 모캣불 피워 놓고 평상에 누워 가슴으로 쏟아지는 별빛들이 아름다워 시간 가는 줄 모르다가 밤이슬에 옷이 흠뻑 젖어 한기를 느끼고서야 방을 찾았던 아련한 기억들….

늦가을 해질 녘 붉은 단풍과 어우러진 가지 끝에 달린 홍시감은 너무 황홀하여 차마 따먹질 못했었다.

어쩌면 우리는 아는 만큼 기억하는 게 아니라 기억하는 만큼만 알려고 하는 건 아닌지….

그래서 추억은 오랜 세월이 흘러가도 더욱 또렷이 각인되는 것 같다.

산승으로 살아온 40여 년의 세월 동안 바람처럼 다가와 물처럼 흘러 지나간 수많은 사람들….

먼 훗날 추억이라는 이름으로 다시 기억될 소중한 인연이 아닐까?

오랜 책장 속에서 먼지 낀 책 한 권을 조심스레 펼치는
마음으로 시집을 내어 보이며….

법운암에서

월송月松

프롤로그   5

1부 자연을 벗삼아 / 17

매화   19

비 개인 하루   20

옥수수밭   21

봄(I)   22

봄(II)   24

봄(III)   25

강江   27

자연의 속삭임   29

비   30

진달래꽃   32

아침 이슬   34

밤   36

홍매화   37

담쟁이덩굴   38

평상   39

숲속의 오솔길   41

죽순   42

꽃 이야기   43

억새풀   45

목련   46

꽃무릇   48

정자와 백일홍   50

가을 산에 올라   52

파도   54

소소한 가을밤에   55

가을   56

석양   57

겨울 풍경   58

나목裸木   60

흰 눈   62

함박눈을 보며   63

겨울 한파   64

별이 빛나는 밤   65

2부 삶의 일탈에서 / 67

오수午睡   69

그곳에 살고 싶다   70

동지   72

차 이야기   74

산촌에서   76

꿈(I) ⸱⸱⸱⸱⸱⸱⸱⸱⸱⸱⸱⸱⸱⸱⸱⸱⸱⸱⸱ 78

꿈(II) ⸱⸱⸱⸱⸱⸱⸱⸱⸱⸱⸱⸱⸱⸱⸱⸱⸱⸱ 80

부지런함 ⸱⸱⸱⸱⸱⸱⸱⸱⸱⸱⸱⸱⸱⸱ 81

희망 ⸱⸱⸱⸱⸱⸱⸱⸱⸱⸱⸱⸱⸱⸱⸱⸱⸱⸱⸱⸱ 82

난 떠나고 싶다 ⸱⸱⸱⸱⸱⸱⸱ 83

새벽시장 ⸱⸱⸱⸱⸱⸱⸱⸱⸱⸱⸱⸱⸱⸱ 85

여행(I) ⸱⸱⸱⸱⸱⸱⸱⸱⸱⸱⸱⸱⸱⸱⸱⸱⸱ 86

여행(II) ⸱⸱⸱⸱⸱⸱⸱⸱⸱⸱⸱⸱⸱⸱⸱⸱ 88

친구 ⸱⸱⸱⸱⸱⸱⸱⸱⸱⸱⸱⸱⸱⸱⸱⸱⸱⸱⸱⸱ 90

가을 무상 ⸱⸱⸱⸱⸱⸱⸱⸱⸱⸱⸱⸱⸱ 92

길 ⸱⸱⸱⸱⸱⸱⸱⸱⸱⸱⸱⸱⸱⸱⸱⸱⸱⸱⸱⸱⸱⸱ 93

아름다운 이웃 ⸱⸱⸱⸱⸱⸱⸱⸱ 96

여운 ⸱⸱⸱⸱⸱⸱⸱⸱⸱⸱⸱⸱⸱⸱⸱⸱⸱⸱⸱⸱ 97

기분 좋은 날에 ⸱⸱⸱⸱⸱⸱⸱ 98

부정父情 ⸱⸱⸱⸱⸱⸱⸱⸱⸱⸱⸱⸱⸱⸱ 99

결혼 ⸱⸱⸱⸱⸱⸱⸱⸱⸱⸱⸱⸱⸱⸱⸱⸱⸱ 101

K-pop 열풍 ⸱⸱⸱⸱⸱⸱⸱⸱ 103

삶이란 ⸱⸱⸱⸱⸱⸱⸱⸱⸱⸱⸱⸱⸱⸱⸱ 105

소담회笑談會 ⸱⸱⸱⸱⸱⸱⸱⸱ 107

사랑하며 ⸱⸱⸱⸱⸱⸱⸱⸱⸱⸱⸱⸱ 108

선물 ⸱⸱⸱⸱⸱⸱⸱⸱⸱⸱⸱⸱⸱⸱⸱⸱⸱ 110

착한 마음 ⸱⸱⸱⸱⸱⸱⸱⸱⸱⸱⸱ 112

낙수 ⸱⸱⸱⸱⸱⸱⸱⸱⸱⸱⸱⸱⸱⸱⸱⸱⸱ 113

3부 내 마음속의 오색 종이 / 115

사랑 이별 또 그리움	117
회상	118
친구 생각	120
그리움(I)	122
그리움(II)	123
날마다 좋은 날	125
향수	127
고향	128
대금소리	129
달과 차 한 잔	130
가족	131
추억 속으로	132
세상에	134
다기	135
왜 사느냐고 묻거든	137
인간의 욕심	138
선거, 그 공약 속의 기대	140
약속	142
보고싶다 친구야	143
탈	145
추억	146

해와 달 그리고 별 이야기   147

도전   148

화해   149

모두 다 사랑하리   151

오랜 친구   153

사랑과 배려, 기쁨과 용서   154

4부 불법의 향기 속에 / 155

신년 해돋이   157

풍경소리   159

부처님   161

석탑   163

봉정암 가는 길   164

목탁 소리   166

산사에서   168

연꽃   169

해우소解憂所   171

인연   172

승무   173

유유상종   174

한계암   175

일주문   177

스님으로 살아가기   178

사월 초파일   180

절 이야기   182

백팔번뇌   183

망중한   185

당절(법운암) 예찬   187

사찰과 대밭   189

달마   191

초록은 동색   193

정취암에서   195

우리가 꿈꾸는 세상   197

관세음보살   198

절로 가는 길   199

안면도의 간월암   201

5부 아련한 기억 속 그곳으로 / 203

해간도   205

동피랑   206

소매물도   209

통영항   211

미륵산   213

금오섬   215

환상의 섬 사량도　　　　　216

통영 케이블카　　　　　218

해저터널　　　　　220

강구안 풍경　　　　　222

바다의 땅 통영　　　　　224

주남저수지　　　　　226

섬진강의 매화꽃　　　　　228

선유도에서　　　　　229

해남 땅끝마을　　　　　231

영월 청령포　　　　　232

불일폭포　　　　　233

추월산　　　　　235

정동진　　　　　237

내연산 12폭포　　　　　239

해남 달마산　　　　　241

포항 호미곶 일출　　　　　242

현암 예원　　　　　245

1부 자연을 벗삼아

매화

2월 이슥한 밤
고목의 매화나무에
은하수를 뿌린 듯
환하게 –
꽃이 피었다

수줍은 듯한 꽃망울
겨우내 감추었다가
이제 막 –
봄바람 불어

앙증맞은 꽃떨기
살포시 향기를 뿜는다

멀리 –
중천에 떠 있는 달님이
향기에 취해
갈 길을 잃어버렸다

비 개인 하루

시원한 빗줄기 내려
산천을 씻은 듯
대지는 물기 머금어
생동감이 넘치고

불어오는 바람에도
찬 기운이 돌고
바라보는 앞산은
푸르름이 더한다

파아란 하늘
햇살 내리쬐어
풀잎에 맺힌 물방울
보석처럼 빛나고

숲 사이로
피어오르는 물안개
수묵화처럼 번져나간다

옥수수밭

흰 구름 두둥실
피어오르는 여름날
옥수수 밭길을 걸으면

산들산들 부는
바람결 따라
하모니카 소리 들려온다

저만치
하늘거리는 옥수수 밭길에
훤칠한 할아버지
하얀 수염 쓰다듬고
미소 지으며 다가온다

서걱서걱 –
갈바람 불어오면

금빛으로 아름다운 들녘에
찰강냉이 영그는 소리
팝콘처럼 부풀어 오른다

봄(I)

온 천지에
아지랑이 피어오르고
대지는 물기 머금어
파릇파릇
새순이 돋아나고

겨우내
얼어 있던 냇고랑

따사로운 햇살
퍼져 내려와
개울물 졸졸 흐른다

잎새를 털어내고
훨훨 벗어던진
겨울나무들
파리한 생기 감돌고

언덕배기 버들강아지
하얀 보푸라기

기지개를 켜고
열린 하늘에
뭉게구름 정겹다

봄(Ⅱ)

시골 장터
허리 굽은 할머니

봄나물을 따서 이고
시장통 한 귀퉁이에서
이른 봄을 팔고 있다

참꽃부침 향기에
한달음에
달려갔더니

허기진 봄이
먼저 달라고 보챈다

봄(Ⅲ)

봄은
저 멀리 바다 건너
갈매기 등을 타고
부는 바람과 함께
날아와

양지 바른 언덕배기에
내려앉고

봄은
여인의 나풀거리는
치맛자락에도 와 있고

쑥 캐는 아낙의
바구니 속에도
향기를 더한다

봄은
닫혀 있던
우리들 마음속에

남을 배려하는 마음 싹틀 때

살포시 다가와서
화사하게
미소 짓는다

강江

먼 산을 휘감고 돌아
꼬불길을 걷는
나그네처럼

언덕배기를 지나고
바위틈을 돌아서
아래로 아래로 흘러든다

이골 저골 합수되어
넉넉한 물줄기에
풍성한 산내들

초목은 신이 나고
개구쟁이 물놀이에
여름 한낮이 오히려 짧다

붕어와 송사리떼
천렵하던 그 시절

어머니 같은 강물은

대지를 품에 안고
묵묵히 흘러간다

자연의 속삭임

적막한 산창에 앉아
대숲 그늘을 쓸고 있는
바람소리 들으면
애달픈 이 밤
곱기만 한데

멀리서 들려오는
수행자의 맑은 소리인가

밤 부엉이 우는 소리
가랑잎 구르는 소리
계곡물 흐르는 소리

자연이 속삭이는
포근한 얘기들을
귀담아 본다

착하게 살라고
곱게 살라고
아름답게 살라고

비

대지를 적시는
봄비를 보며
문득 느껴보는 한 가지 생각

내리는 비들은
저마다의 이름을 갖는다

이슬비
안개비
가랑비
보슬비
여우비
소낙비
창대비…

사람도 동물도 나무도
모든 게 이름 있는데
빗방울이라 해서
이름 없어선 안 될 것 같아

비를 맞는 사람들
심성에 따라
어여쁜 이름도
생기나 보다

진달래꽃

양지 바른 산골짜기
암벽 틈새로
가냘픈 가지 끝마다
연보랏빛 얇은 잎새

이제 막
세상을 향한
첫 숨을 토해낸다

지난겨울 무서리와
혹한을 견디어 낸
어여쁜 참꽃무리들

철 이른 아지랑이에
어깨춤을 춘다

뻐꾹새 울어
봄은 깊어만 가고
화전 피울 마음에
동네 아낙들

삼삼오오 짝을 지어
보랏빛 추억 하나둘
바구니에 담는다

아침 이슬

간밤에 내린 이슬
풀끝마다 조롱조롱

산들바람에
방울방울 춤을 추며
곡예사처럼 노니다가

제 무게를 지탱 못해
땅으로 떨어진다

처졌던 잎새 하나
생기를 되찾은 듯
굽은 허리 쭉 – 펴고서
툭툭 털고 일어선다

풀 섶에 졸고 있던
눈 부은 청개구리

물방울 떨어지는 소리에
깜짝 놀라

개골개골 –
꽁무니를 내뺀다

밤

한낮의 광란과 소음이
조금씩 잦아들고
석양이 내려앉으면

밤은
어둠이란 두툼한 이불로
모든 것을 덮어버린다

적막이 감도는
고요 속으로
살포시 내려앉는 밤이슬

스산한 바람 속에
은은한 풀벌레 소리
손톱달 사이로
유난히 빛나는 별

이 밤 –
어여쁜 사색에 잠겨
하얗게 밝힌다

홍매화

거칠은 나뭇결 끝가지에
누이 볼연지 같은
홍매화

불어오는 봄바람에
살포시 잎새를 틔운다

간밤에 내린
이슬을 머금고
영롱한 보석으로 단장한
홍매화

이제 막 –
떠오르는 아침 햇살에
더욱 붉게 물들어

아련히 아른거리는
여인의 속살처럼
얼굴마저 화끈거린다

담쟁이덩굴

구부정한 돌담
이끼 낀 틈새로
꼬마손처럼 앙증맞은
담쟁이덩굴

오랜 세월을 함께해 온
다정한 친구처럼
등이 휜 돌담을
포근히 감싸 안아준다

뙤약볕 내리쬐는 여름날
한 줄기 장대비에
푸르름을 더하고

선홍빛 물드는
홍시감 딸 때쯤이면
인고의 세월에 지쳐
붉은 핏빛으로 오열을 한다

평상

시원한 나무 그늘 아래
오가는 사람의 쉼터

아무나 올라 앉아
누워 보고
졸리면 낮잠도 자고

오손도손 둘러 앉아
얘기 나누는
야외 사랑방

멋 부릴 모양도 없어
그저 넙적하고
튼튼하면 그만인
여름날의 휴식처

여름밤
모캣불 피워놓고
수박화채 나눠 먹으며
밤하늘 별을 헤던

아련한 그 시절

지금도 고향 마을
정자나무 아래에
든든한 나무 평상 있으려나

숲속의 오솔길

싱그러운 초록
그 아름다움이
고스란히 배어 있는 곳

그곳엔
늘 - 풋풋한 생동감이
넘쳐흐르고

산새들과 다람쥐가
온종일 노닐다가
밤이슬 내려오면
잠을 청하고

바람 휑 - 하니 불어오면
놀란 토끼눈을 하고
귀를 쫑긋 세운 청설모
나무 위로 숨는 곳

죽순

봄비 잦은 오후
안개 자욱한
대나무 숲을 걷다 보면

어디선가 들리는 소리
쏘옥 – 쏘옥 –

두 귀를 쫑긋하고
두리번두리번

아하!
이제야 알겠네
발 밑을 간질이는
죽순 돋아나는 소리

꽃 이야기

꽃의 아름다움을
감상하려면
닫힌 그 마음을
열어야 하고

꽃의 향기를
음미하려면
마음 가득한 탐욕심을
버려야 한다

꽃의 품위를
느끼려면
치밀어 오르는 화를
삭여야 하고

꽃의 열매를
보려거든
가슴 깊이 맺힌 원한을
내려놓아야 한다

꽃을 보고
꽃을 키우고 가꾸며
꽃과 함께 살면
심성이 착한 사람이 된다

억새풀

겨우내
말라 시들해진 억새풀

그 속살 속에 수줍은
잔뜩 물오른
초록의 속삭임

숙취에 찌든
몽롱한 눈망울처럼
흐릿한 산야에
추적추적
안개비 내리면

지난 가을
금빛 물결로 출렁이던
황금들녘을 그리워하며

빛바랜 잎새
하나 둘
강바람에 띄워 보낸다

목련

목련꽃은
이른 봄
매화꽃 지고 나면
활짝 핀다

탐스런 꽃은
피어나기 무섭게
시들 준비를 하는 듯

며칠을 못 견디고
부는 바람에
잎새를 떨어뜨린다

사나흘을 꽃피우려고
일 년을 준비하는 꽃
인고의 세월만큼이나
눈부시게 화사한 꽃

바람 달에 피어
더 애처로운 꽃

그대 이름은
목련

꽃무릇

저만치 산비탈에
불을 놓은 듯
선홍색으로 아른거리는
꽃나무 군락

여인의 허리선처럼
가냘픈 줄기 위에
화려한 치장으로
붉은 눈 치켜뜬
앙증맞은 꽃무릇

예쁜 이름만큼이나
애틋한 사연
상사화라는 꽃말이 있다

꽃대가 먼저 나와
꽃이 피고
그 꽃이 지고 나면
잎이 돋아난다

한 뿌리에서 크지만
평생을 만날 수 없어
오매불망 그리다
상사병이 낫나보다

정자와 백일홍

야트막한 언덕
소박한 정자 아래
맑은 계류 끌어들여
예쁜 연못 만들고

언제부터인가
배롱나무 군락 이루었다

백일 동안이나 꽃피우느라
기운이 다 빠졌는지
알몸을 배배 꼬아
이리 비틀 저리 비틀
비스듬히 모로 누워

가지끝 마디마다
연분홍
꽃단장하고서

부는 바람에 하늘하늘
교태스런 몸짓으로
어느 누굴 유혹하나

가을 산에 올라

단풍 곱게 물들어
낙엽 흩날리는 가을 산은
풍요롭고 아름답고
또 쓸쓸하다

알록달록
화려한 옷을 갈아입은
숲 사이로

푸른 물감이
뚝뚝 떨어질 듯한
파아란 하늘이
눈이 시려오고

발아래 계곡 맑은 물엔
핏빛으로 붉게 물든
여린 손바닥 하나둘
아래로 아래로
정처 없이 흘러간다

돌아가는 길
저 나뭇잎처럼
물길 따라
함께 동행하면 어떨까

파도

잿빛 하늘 아래
먹구름 흩어지더니
거센 바람
바다를 뒤집고

집채만 한 파도에
멍든 암벽
깊은 자멱질을 하고는
거품을 토해낸다

처얼썩 –
하얀 포말이 날리고
눈부신 무지개 사이로
날개 젖은 갈매기
힘겨운 비상을 한다

소소한 가을밤에

찻잔에
뽀오얀 김이 피어오르고
코끝으로 스치는
감미로운 내음에
방안이 차향으로 넉넉하다

창밖으로
가을비마저 촉촉이 내려
빛바랜 오동잎
가녀린 빗줄기에
후두두둑 —
요란스럽다

오늘일랑
달뜨지 않을 테니
평상 걷어 들이고
일찍 잠이나 청하련다

가을

쪽빛 하늘
시리도록 푸르고
계곡은 바람을
늘 - 품고 산다

흐드러지게 핀 구절초
붉게 타오르는 당단풍
물기 머금은 암벽 틈새
용담초의 보랏빛 향기에
흐르는 물은 더욱 차다

딱따구리의 집 짓는 소리
빈 골을 울려 퍼지고
청설모의 도토리 줍기에
가을이 익어간다

석양

서편 하늘 저쪽
비켜선 태양 빛에
천지가 붉게 물들면

산은
숯덩이마냥
까맣게 타버리고

출렁이는 바다는
금빛으로 부서진다

노을진 바다를
떠다니는 갈매기떼
둥지를 향해 날개짓한다

마지막 심지를 태우는
저 태양도
아스라이 꺼져 가더니
붉은 바다가 삼켜버렸다

겨울 풍경

인기척 나는 소리에
창밖을 보니
싸락눈 소복소복 내려
천지를 덮는다

알싸한 찬바람
코끝이 시려도
갓 쪄낸 시루떡 같은
은빛 세상을
산짐승처럼 쏘다니다가

하얀 입김에 지칠 때
손발 시려
모닥불 피우니

타닥타닥 –
장작불 타는 소리
빈 – 골을 울리고

산골의 짧은 하루해
어둠으로 스러진다

나목裸木

매서운 겨울바람
무서리에 잎새를 떨구고
갈 길을 잃어버려
방황하는 사람처럼
휑 - 하니 서 있는 나목

지난 가을
화려한 단풍 이파리
시절 인연 따라
날려 보내고

차가운 눈바람에
각질 걸린 피부처럼
나목은
거칠어만 간다

먼 훗날
가지끝마다
핏빛으로 물오를
새 봄을 기다리며

나목은
산중 스님처럼
묵묵히 정진 중이다

흰 눈

대숲에 내리는 눈
백록의 조화로움에
황홀한 아름다움으로
어깨춤을 추더니

제 풀에 놀라
하얀 눈 한 움큼
내려놓고는
하늘로 발돋움한다

먼발치에
등 굽은 소나무
하얀 꽃 흐드러지게 피더니
설한풍에 꽃비 내려 날리고서

기지개를 켜듯
우쭐대고는
흰 – 가지를 쓰다듬는다

함박눈을 보며

눈이 내린다
잿빛 하늘에 난무하는
함박눈이 내린다

이리저리
어지러이 내리는 눈이
지저분한 세상의 티끌
한 움큼이라도 보일세라
다독다독
하얗게 덮고 있다

순백의 아름다움이
태초의 신비함이
눈부신 화려함이
너를 향한 마음인가

차고 지순한
너를 대하면
세상만사 다 잊고서
자연으로 돌아가고파

겨울 한파

추녀 끝
고드름 길이만큼
기온은 더 내려가고
얼음장 같은
도시민의 종종걸음
겨울 한파보다 더 매섭다

온기 불어 넣어줄
따스한 사람이 그리운 계절
동장군의 서슬 앞에
움츠러드는 온정
구세군의 처량한 종소리
소음 속에 파묻힌 지 오래

쪽방 할아버지의
묵은 기침소리에
아궁이의 연탄불만
힘겨운 불씨를 태운다

별이 빛나는 밤

여름밤
깜깜한 밤하늘을 바라보면
알 수 없는 흡인력으로
우리들을 매료시킨다

깨알 같은 수많은
별들 사이로
깜깜한 밤하늘이
매직처럼
금세 환하게 변하는 듯 하고

멀리 우주 속으로
긴 여행을 하다가
금세 돌아오기도 한다

어린 시절
저 별은 나의 별
저 별은 너의 별 하며
함께 노래하던
친구들은 없지만

별밤은
우리에게
상처받은 영혼을 달래주는
아련한 고향 같은 곳이다

2부 삶의 일탈에서

오수午睡

하늘에 구름이 떠가고
구름 끝 하늘에
파아란 속살이 돋아난다

오월의 훈풍이
볼을 스치고
꽃향기
코끝을 간지럽히면

그늘 밑 평상에 누워
살포시 눈을 감으면
금세 찾아오는 당신

나른한 기분에
초점 없는 눈망울
세상사 잠시 잊고
당신 곁에 빠져드니
꿈결 같은 한나절

그곳에 살고 싶다

내
오래 전 꿈꾸어오던
소망 있으니
솔향기 코끝을 간지럽히는
언덕배기 아래
예쁜 토담집 지어 놓고

비라도 오는 날이면
군불 지펴 놓고
뜨뜻한 아랫목에
친구들 불러 모아

군고구마 먹으면서
지난 얘기 꽃피우는
향수 어린
그곳에 살고 싶다

그곳엔
이름 모를 야생화
지천으로 깔려 있고

돌다리 아래로
실개천 끌어들여
예쁜 연못 만들고
수초 사이로 노니는
물고기들 보면서

노루 꼬리보다 짧은
늦가을 햇살 받으며
한가로이
시상에 젖어보는
그곳에서 살고 싶다

함박눈 펑펑
내리는 어느 날
세상은
하얀 도화지가 되고
나는 그림붓이 되어
화폭에 퍼져 나가

동심으로 돌아가고픈
그곳에 살고 싶다

동지

일년 중
밤이 제일 길다는 동지

이날이면
식구들과 뜨뜻한 아랫목에
둘러앉아서
새알심을 만들어
팥죽을 끓여 먹는다

나이만큼만
새알심을 먹어야 한다고
더 먹으면
한꺼번에 나이를
많이 먹는다고
얘기하시던 할머니는
이젠 안 계시지만

그 옛날의 정취
아련한 시절 –
어디로 가버렸는가

올해도
어김없이 동지는
다가왔는데…

차 이야기

다기를 펼치고서
주전자에 물을 붓고
잠시 –
물 끓이는 소리를 들어본다

보글보글
부글부글
푸우 – 푸우 –

적적한 한나절
그 소리가 하도 좋아
다향에 젖어드니

어느 한 소리가 아닌
여러 소리가 섞여
예쁜 화음으로 들려온다

다기에 물을 따르면
뽀얀 김이 피어올라
은은한 차향이

번져 나오고

따뜻한 온기를
손에 느끼며
찻잔을 들어본다

누가 그랬던가
차는
그냥 마시는 게 아니라
보고
느끼며
그리고 마신다고 -

산촌에서

산동네에
풋풋한 햇살 비치면
가을 옷을 입은
고추잠자리들은
더 붉게 타 들어가고

닿을 수 없는
그리움에
지친 날갯짓으로
하늘을 날아오른다

멀리서
아스라이 어둠이 찾아와
소담스런 밤이 내리면
창가에 하나둘
불이 꺼지고

지붕을 쓰다듬으며
내리는 달빛은

앞마당 우물가에서
해맑은 얼굴을 씻는다

꿈(I)

어릴 적
넌 꿈이 뭐냐고 물으면
대통령이 되고 싶다고

학창 시절엔
판검사가 되고 싶다고

청년 시절엔
좋은 회사에 취직하고 싶다고

중년이 되면
물어보는 사람조차 없다

그저 소박한 꿈이 있다면
내 가정 편안하고
월급 꼬박꼬박 잘 나오면
더 바랄 게 없단다

꿈을 먹고 사는 사람아!
어릴 절 그 큰 꿈

못 이루면 어떠리

꿈은

꿈만으로도 좋은 것을…

꿈(II)

하늘빛 눈부신 여름
작은 언덕배기 아래
누룽지처럼
다닥다닥 붙은 작은 집들

햇볕 잘 드는
담벼락에
원색으로 나풀거리는
빨래들

한 폭의 그림 같은
포구의 갈매기떼

개구쟁이들은 꿈을 안고
하얗게 하얗게
피어오른다

부지런함

이른 새벽 일어나
산길을 걸으면
부지런한 산새들
먼저 일어나
숲길을 안내한다

긴 겨울을 이겨내고
갓 피어난 야생화들
코를 갖다 댔더니
향기는 벌써
저만치 퍼져 있다

큰마음 먹고
선행을 베풀었더니
부지런한 착한 사람들
벌써 하고 난 뒤였다

희망

여린 가슴을 헤집고
아집으로 버텨온 힘겨운 일상
회색빛으로 투영된 미래

절망 속에서도 꽃은 피어나듯
겨울 지나면
새 봄이 온다

우리네 언 마음도
봄눈 녹듯 사라지려나

떠오르는 새날을 보며
움츠렸던 가슴
따사롭게 감싸 안아보자

난 떠나고 싶다

나는 떠나고 싶다
이름 없는 머나먼
그곳으로

복잡하고 북적대는
소문난 곳이 아니라
조용하고 호젓하여
사색 즐기면서
아무도 간섭하지 않는
그곳으로

나는 떠나고 싶다
인적이 뜸한
산골 마을로

지도에도 흔적 없고
물어물어 찾아가야 하는
산간벽지의 오지 마을로

해질 녘이면

굴뚝에 연기 모락모락
피어오르고

밤이면
영롱한 별빛 내려와
동화 같은 그런 밤이면

늘 –
깨어 있는
그곳으로 떠나고 싶다

새벽시장

사람 냄새가 나는
첫 새벽의 시장통

새벽시장을 가기 위해
간밤 장거리에
꼬박 밤을 지새우고

처진 어깨 속으로
칼바람이 스며든다

묵은 기침소리에
병든 아주머니

언 손 녹여가며
채소그릇 당겨놓고
힘겨운 아침을 연다

여행(I)

배낭을 메고
무작정
기차 여행을 하고 싶다

산과 계곡과 바다를
함께 달리는
기차 여행을 떠나고 싶다

때로는
부서지는 파도소리를 들으며
때로는
기암절벽의 산천을
구경하면서

가끔씩
깜깜한 터널을 지날 때면
그 시끄러운 소음조차도
정겹게 느껴진다

그러다 허기지면

홍익회 아저씨 좌판 가게에
삶은 계란과 콜라 한 병 들고

낯선 이방인과
도란도란
세상 사는 얘기 꽃 피우는
그런 여행을 하고 싶다

종착역은
이름 없는 간이역

복잡하고 분주한 역사보다는
맨드라미와 코스모스
하늘거리는

호젓하고 조용한 간이역이
낯선 여행객에게
마음으로 와 닿을 듯하다

여행(II)

무작정 걷고 싶은 하루
하늘은 시리도록 푸르고
바람은 갈 길을 잃은
내 등을 떠민다

그래 –
발길 닿는 대로 떠나보자

흙이 보풀보풀 밟히는
먼지 나는 흙 길도 좋고
파도소리 들리는
바닷가 몽돌 밭도 좋을 테고
이름 모를 야생화 흐드러지게 핀
들길이면 어떠랴!

콧등에 땀방울 송송 맺히면
이웃한 길손들과 목축이며
도란도란 수다 떨다

해질 녘 –
노을 붉게 타오르는 산마루
억새풀 하늘거리는
길 따라 바람 따라
하염없이 가고 싶다

친구

어여쁜 단풍잎
바람에 떨어져
가을비 촉촉이
오늘처럼 내리면

혼자 외로움에
찻잔을 기울인다

입 안 가득
울려 퍼지는 커피향에
문득 떠오르는
초등학교 단짝 생각

기울은 세월은
평행 감각을 잃고
우리는
그만큼 성숙해간다

친구야
그래도 차맛은
비올 때가 제일 좋더라

가을 무상

청개구리 울어
밤새
고운비 온 줄 알았고

소슬한 바람 불어
가을은
깊어만 간다

내 작은 방 창가에
손님 찾아와
문 열어 보니

교교한 달빛
자리 잡고 앉는다

길

길이 있습니다
하얀 눈이 소복소복
쌓인 그 길을
하염없이 걷고 싶습니다

뒤돌아보면
같이 따라온 발자국들
친구 삼아 오손도손
끝없이 동행하고 싶습니다

길이 있습니다
한적한 숲길 따라 난
오솔길을
무작정 걷고 싶습니다

산새들 지저귀고
다람쥐 함께 따라오면
같이 동행하고 싶습니다

길이 있습니다

안개비 내리는 날
바닷가를
그냥 걷고 싶습니다

갈매기 내려와 친구하며
파도소리 들으면서
내내 걷고 싶습니다

길이 있습니다
휘영청 달 밝은 밤
별빛 쏟아져 내리는 밤이면
소슬한 밤바람 맞으면서
마냥 걷고 싶습니다

소쩍새 울어도 좋고
밤 부엉이 울어도 좋은
그런 날이면
그저 걷고 싶습니다

길이 있습니다

아무렇게 나 있는 길이라도
좋습니다

그대와 함께라면
진창의 길이라도
다정히 손잡고서
밤새도록
난 그렇게 걷고 싶습니다

아름다운 이웃

석양이 아름다운 건
노을이 붉게 타는 때문이요

단풍잎이 곱고 예쁜 건
공기 중에 먼지가
투영되기 때문이며

밤하늘의 별빛이 아름다운 건
보는 사람의 심성이
맑고 곱기 때문이다

사람도 혼자는 살아갈 수 없듯이
자연의 이치에도
공존하는 이웃이 있어야
더욱 빛이 나는가 보다

여운

파도가 쓸고 간
빈 모래톱
눈 덮인 킬리만자로의 표범처럼

장문의 발자국
총총 남기고
물새 한 쌍 분주히 날아오른다

한가로이 뭉게구름 흘러
하늘 끝 파아란 도화지에
솜사탕 피어오르고

멀리 –
산등성이 돌아
뱃고동소리
은은하게 울려퍼진다

기분 좋은 날에

산허리를 감싸는
구름 사이로
저만치
골안개 피어오르고

하늘은
손에 닿을 듯
청명하다

도랑을 스쳐 지나는
바람결에도
시원함이 더하고

대청마루에 앉아 따르는
작설차 한 잔에도
넉넉함이 더한다

부정 父情

당신은
우리 곁에서
늘 든든한
버팀목이었습니다

어렵고 힘들 때
따끔한 회초리와
온화한 미소로
우리를
감싸 안아 주셨습니다

하지만
정작 당신이
힘들고 외로울 때
우린 아무것도
해 드릴 수가 없었습니다

그저
먼발치에서
안쓰러운 마음만

보내야 했습니다

이제 우리가 당신을 위해
뭐라도 할 수 있는
나이가 되었지만
정작 당신은
우리 곁에 안 계십니다

당신은
우리들을 위해
가족이란 이름으로
평생을 희생하신
아름다운 들꽃입니다

결혼

철부지처럼
어리다고만 생각했던
아들이
예쁜 색시 데리고
결혼을 한다

화려한 식장에
수많은 하객들 사이로
까만 턱시도에
하얀 드레스 입고서…

이렇게 좋은 날!
나보다도 더 좋아하실
지금은 안 계신
부모님 생각에
눈시울이 붉어진다

그래
둘 다 부디 행복하고
건강하며

양가에 웃음주고
사랑받는
좋은 사람 되거라

K-pop 열풍

한국을 찾은
외국 관광객들에게
설문 조사를 했었다
"한국" 하면
제일 먼저 떠오르는 것은-

경복궁
남대문 시장
경주 불국사
제주도
안동 하회마을 등을 생각했는데

대다수의 관광객들은
"K-pop" 열풍이란다

글쎄다
문화콘텐츠도
훌륭한 관광 상품이 되겠지만

오천년 찬란한 문화유산을 지닌

우리나라에
수많은 관광지를 놔두고서
한류 열풍을 떠올린다니
뭐가 잘못됐는지
웃어야 할지
아니면 울어야 할지…

삶이란

낙엽 지는 은행나무 밑에서
노랗게 생각을 물들여볼
여유가 없다면
그건 빠듯한 삶이요

높은 언덕에 올라가
먼발치의 세상을
물끄러미 내려다보는
태연함이 없다면
그것은 궁핍한 삶이며

비가 오는 날
담벼락 밑에서
떨고 있는 고양이에게
눈길 한번 주는
연민이 없다면
그것은 각박한 삶이요

오늘처럼 화창한 날
자연의 싱그러움을 느끼면서

삶을 되돌아볼 줄 아는
마음 있다면
그건 진정 아름다운 삶이다

소담회 笑談會

만나보면
웃음이 묻어나는
좋은 사람들

같은 마음
오래도록 함께하고파
소담이란 울타리를 만들었네

울타리는
단절과 차단을 의미하는
부정적인 뜻이 있지만

감싸 안고 보호하여
두루 아우르는
긍정적인 뜻도 있으니

조화롭게 잘해 나가면
소담이란 그 뜻
그르치지는 않으리

사랑하며

그래
하늘을 우러러
부끄러움 없도록
살아 있는 날만이라도
우리 사랑하며 삽시다

담담한 세속의 정
서로 주고받으며
그렇게 삽시다

아름다운 날들
예쁘게 만들며
살아 있는 날까지만이라도
우리 그렇게 살아갑시다

힘든 날들
살면서 없겠소만
그저
서로 이해하고
서로 사랑하며

그렇게
또 그렇게 살아갑시다

선물

살아오면서
남으로부터
선물을 받는다는 건
참 즐거운 일이다

예쁜 포장지에
정성과 마음이 담긴
선물을 받으면
가슴이 뛰고 마음이 설렌다

그것도
생각지 않았던
뜻밖의 선물을 받으면
그 즐거움은 몇 배가 된다

선물을 받으면
좋은 줄만 알고
주는 건 미처 생각 못했네

이제부터 남에게 줄
마음의 선물을
준비해야겠다

착한 마음

이제는
마음에 없는 얘기는
하지 말기로 해요

서로에게 상처 주고
미움을 사는 얘기도
이젠 그만하기로 해요

하고 나서 마음 아파
후회할 얘기
이젠 없었던 일로 해요

살아가면서
좋은 얘기만 하고 싶어도
다 못하고 죽는다는데…

낙수

비 오는 날
여인의 허리선처럼 날렵한
기와집 추녀 아래로
뚝뚝 떨어지는
낙숫물을 바라보면

어릴 적 살던 고향집
아련히 떠오른다

축담 아래로
앞마당 흙탕물이 튀어 오르고
패인 물 줄기
피아노 건반처럼
쭉 - 늘어 있다

낙숫물 떨어지는 소리
귀 기울이면
청아한 물소리
아름다운 화음으로 들려온다

．

이런 날이면
솥뚜껑 엎어 놓고
장작불 피워
호박지짐, 고추지짐
부쳐 먹으면 좋으련만…

3부 내 마음속의 오색 종이

사랑 이별 또 그리움

사랑은
사랑을 더하여
이별을 낳고

이별은
이별을 더하여
그리움을 낳는다

그리움이란
지나온 날들을 그려보는
아련한 추억 같은 것

사랑
이별
또 그리움 -
살아가면서 동행하는
쓰디쓴 보약 같은 것

회상

예쁘게 물든
붉은 단풍잎 보면
어릴 적
소꿉장난하며 놀던
그 아이 손바닥
생각이 난다

노오란—
은행잎을 보면
그 옛날
설날에 때때옷 입고
허리춤에 복주머니 달아주던
어머니 생각나게 한다

복사꽃처럼 불그레한
선홍색 옻나무 잎새를 보면
짝사랑하던 그 애를
곁에 두고 말 못해

타는 속마음처럼

아련한 그 시절

생각나게 한다

친구 생각

동무들아
냇가로 달려가자
바짓가랑이 걷어 올리고
텀벙텀벙 물 튀기며
붕어와 피라미 잡고서

너는 밥하고
나는 찌개 끓여
설익은 밥에
맹탕인 국 끓여
오손도손 얘기하며
천렵하던 그 시절

여름날 긴긴해
어찌 그리 짧던지
헤어지기 아쉬워
다시 만나자고
내일을 기약하지만

서러운 예순 해
흐르는 물처럼 지나가도
아련한 그때 그 약속
잊히질 않는다

그리움(I)

저기 떠나가는 배
기다림에 지친 아낙
오지도 않을
님 그리워

갈매기 등 타고
마음은 벌써
뭍으로 간다

파도에 밀려
피멍 든 가슴

그래도 행여나 하여
면 –
수평선 향해
수줍은 발돋움한다

그리움(II)

갈바람
스산히 불어와
옷깃을 여미고

낙엽 뒹굴어
휑한 가슴
시리도록 벅차오르는
그리움

창틈으로 얼굴 내미는
달님을 보면
누군가 올 것만 같아
아련한 그리움에
설레는 마음

내 마음엔 어느새
가을비
촉촉이 내려앉는다

이 밤
꿈에라도 당신을
볼 수 있다면…

날마다 좋은 날

자고 나면
머리맡에 물 갖다 놓고
날 배려해주는 사람 있어 좋고

함박눈 내려 좋은 날
옷깃 세워 주며
동행할 수 있는 사람 있어 좋고

휘영청 밝은 달 아래
따끈한 차 한 잔 놓고서
홀로 사색 즐길 수 있어 좋고

옛 추억 되새기며
아련한 향수에
멋쩍은 웃음 묻어날 사연 있어 좋고

쓸쓸할 때 전화하면
무슨 일이냐고 걱정하며
한달음에 달려올 친구 있어 좋고

자연을 벗 삼아
산천을 유람하며
호연지기 키워줄
넉넉한 마음 가질 수 있어 좋고

온몸 흠뻑 적시며
운동하고 나서
시원한 물 한잔 들이키며
내 몸 건강함에 감사할 줄 알고

살아오면서 알게 모르게
인연 맺은 많은 사람들에게
고마움 느끼며

딱 - 이만큼
늘 걱정해주는
가족들과 함께
더도 말고 덜도 말고
오늘만 같다면
날마다 좋은 날

향수

창문 사이로
달그림자 내려와
시월 야밤
적적한 외로움이 스며든다

지천에 널려 있는 국화향
이젠 잠을 청하고
고요만이
뜨락을 산책하고 있다

시린 하늘에
영롱한 별빛
밤 부엉이 울어
동화 같은 이 밤

긴 – 그리움에
포근한 인간사
책갈피에 묻어둔
빛바랜 향수를
들추어 본다

고향

때론
발가벗은 채
장맛비 속으로
뛰쳐나가고픈 광인처럼

하얀 머릿속에
푸르른 비상을
꿈꾸는 철부지

어두운 세상
힘겨운 발걸음
이리 시달리고
저리 부대껴도

지친 육신 반겨줄 곳
엄마 품처럼 포근한
복사꽃 능금꽃
피어나는 내 고향

대금소리

달빛 그윽한 깊은 밤
창밖으로 울려 퍼지는
대금소리를 들으면
그 소리가 너무 맑고 좋아
심금을 울린다

가녀린 소리에서는
귀를 쫑긋하게 하고
높은 소리에서는
애간장을 녹이는 듯하고
끊어질 듯 이어지는 소절에서는
마음속까지 미어지는
아련함이 느껴진다

몇 마디의 대 속에서
세상의 모든 소리가
울려 나오니
올곧은 성품에
강직한 절개로
내 어찌 좋아하지 않으리

달과 차 한 잔

산그늘 내려와
고요한 산창에
별빛은 그윽한데

먼발치에
늘어진 노송가지
둥근 달 걸쳐 앉으니

축 처진 가지 끝
소슬바람에
잠 못 이룬다

산창에 비친 달을
화로 위에 끓는 물과
작설차에 함께 우려서

예쁜 다기
담아내어
벗과 함께
즐겨볼까나

가족

산등성이 넘어
휘감고 돌아
세월만큼이나 빛바랜
작은 오두막집 하나

침묵의 밤이 지나고
고요 속의 아침이 오면
고향 같은 포근함에
삶의 무게만큼 무거운
올가미를 벗어던진다

그래도
가족이란 울타리 있어
도래상 펴놓고
행복한 웃음 피운다

추억 속으로

봄날
안개비 촉촉이 내리면
들뜬 마음
차분히 가라앉고

문득 지나온
오래전
추억 속으로 돌아간다

소설 속의 "소나기"처럼
숨바꼭질하다
몰래 숨은 곳이
보릿단을 사이에 두고

인기척 소리 내지 못하고
가쁜 숨 몰아쉬며
얼굴 붉히던
수줍던 어린 시절

지금쯤
그 나이 손녀딸이
숨바꼭질할 나이쯤 됐겠지

세상에

세상에
자물쇠가 없다면
감출 물건도 없을 것이요

세상에
숨겨둘 물건이 없다면
잃어버릴 일도 없을 것이요

세상에
잃어버릴 물건이 없다면
도둑도 없을 것이요

세상에
도둑이 없다면
동화 같은 그런 날이 오기나 할까요

다기

찻잔은
너무 곱고 예쁘면
부담스러워
먼저 손이 가질 않는다

황실 도자기 같은
화려한 찻잔은
행여나 깨뜨릴까 하는 조바심에
차의 본래 맛은 물론
오히려 마음이 불편하다

찻잔은
그냥 투박한 질그릇처럼
있는 그대로의 소박함이 배인
간결한 모양이
다향을 느끼며 맛볼 수 있다

그래야만
지인들이 찾아와도
부담 없이 편안하게

찻잔을
기울일 수 있을 테니까

왜 사느냐고 묻거든

왜 사느냐고 묻거든
처음엔
세상에 태어났으니까
살아가는 거라 생각했소

왜 사느냐고 묻거든
철이 들면서
살다보니 죽을 수도 없다고
생각했소

왜 사느냐고 묻거든
세상은
살아볼 가치가 있다고
생각하오

왜 사느냐고 묻거든
그럼
당신은 왜 사는 겁니까?

인간의 욕심

대부분의 사람들은
무엇이든지
새 것을 좋아한다

옷도 새 옷이 좋고
집도 새 집이 좋고
차도 먹는 음식도
새로운 것을 좋아한다

하지만
때로는 몸에 맞는
쓰던 물건이 좋을 때도 있다

고가구에서 풍기는
손때 묻은 은은함이 그렇고

폭 삭여진 김장김치가
그리울 때도 있다

사람들은 욕심이 많아
새것도 좋아하지만
오래된 물건도
버릴 줄을 모른다

선거, 그 공약 속의 기대

겨울새가 날아간
높은 하늘은
횡 - 하니 차갑고

떨어질 때가 된
마른 잎처럼
시간 끝에 매달린
세모의 바쁜 인파들

코앞에 다가온
선거를 앞두고
저마다의
입김을 불어보지만

추녀 끝에 매달린
고드름처럼
거꾸로 성장하는 듯한
체감 온도는
오를 줄을 모른다

언제쯤
정도령이 나타나
이 두껍고 어두운
긴 터널을 빠져 나와
환한 햇볕에 눈 비벼 볼 그날
기대할 수 있을까

빛이 되려 할 때
마음속의 어둠은 녹아내리고
세상을 바꾸는 건
따뜻한 가슴이며

이 세상을
환하게 비추는 건
작고 초라한 불빛들이다

약속

살아가면서
꼭 지켜야 하는 것을
약속이라 한다

설렘과 기쁨을
안겨주는 약속도 있고
두려움과 슬픔을
안겨주는 약속도 있다

하지만
남들로 하여금
슬픔과 절망을 주는 약속은
하지 않는 게 좋을 것 같다

그건
약속보다는
상대방에게
아픔을 주는 일이니까

보고싶다 친구야

길가에 흐드러지게 핀
들꽃을 보면
어느새 계절엔
봄이 넘쳐흐른다

파릇파릇
돋아나는 새순에도
생기가 넘치는 듯하고
졸졸 흐르는 물은
거침이 없다

계절은 어김없이 찾아와
꽃 피우고
열매 맺고
단풍 들어
또 낙엽지고
눈비 내려 모든 것을
순환시키지만

한 번 떠나버린 사람들은

다시 오질 않는다

이런 날이면
생각나는 사람들
보고싶다 친구야ー

탈

고뇌의 삶을
살아온 사람이
가슴에 맺힌 한을
풀 길이 없어

하회탈을 둘러쓰고
덩실덩실 춤을 춘다

춤사위가 신명나니
구경꾼들 신이 나고
춤꾼은 울고 있지만
보는 사람들은
함박웃음 짓는 하회탈만 보고
즐거워한다

아서라
겉과 속이 다른 게
어디 탈뿐이겠나
우리네 삶도 연극 같은데…

추억

추억이 물들면
무슨 색깔이 날까

예쁜 추억 간직했다면
파아란 색깔

나쁜 추억 간직했다면
회색빛 색깔

아픈 추억은
어떤 색깔로 표현될까

많은 추억들이 모여
무채색이 될지라도

추억은 아름다운 거라고
추억은 향기로운 거라고
추억은 보석 같은 거라고

해와 달 그리고 별 이야기

어릴 때
해는 낮에만 뜨고
달과 별은
밤하늘에만 있는 줄 알았고

언젠가부터
해는 밤에 뜰 수는 없지만
달과 별은
밝은 대낮에도 떠 있는 걸 알았다

간혹 어쩌다
달이 해를 가려
대낮에도 잠시
어두운 밤처럼 될 때도 있다

이를 두고
배운 사람들은
개기 일식이라고 하지만
심성이 고운 사람들은
자연의 섭리라고 한다

도전

막연한
떠남에 대한 설렘
그 설렘 끝에 오는
아련함

모든 게
과거로만 잉태하던 추억
그 새로움을 향한
두려운 시도

역경과 고난을
체험하고서
이제 다시 일어나야지

그리고
도전해야지
꿈과 희망을 위해 −

화해

모래바람을 일으키고
황야를 질주하는
고삐 풀린 망아지처럼

언 가슴 활짝 열고
저 푸른 들판을
달려보자

모진 사람
살갑게 살아온 우리
단절된 과거일랑
봄날에 피어오르는 아지랑이처럼
날려 보내고-

새순 속에 감춰진
버들강아지처럼
서로 보듬고 아끼는
희망을 안고

마음속 응어리
풀어 헤치고
여명 속에 밝아오는 아침을
뜨겁게 맞이하자

모두 다 사랑하리

세상은
우리가 생각하는 것처럼
밝고 고운 것만은 아닙니다

우리들이
즐겁고 좋은 일에 기뻐할 때
한쪽에선
어둡고 힘들고 괴로운 삶을
살아가는 사람들이 있습니다

오늘
우리가 좀 더 가지겠다고
아우성칠 때
그들은 생존을 위해
물과 밥과 빵 조각을 위해
오늘도 헤매고 있습니다

이젠
서로 조금씩 양보하며

더불어 살아가면서
모두가 사랑했으면 좋겠습니다

오랜 친구

옛 친구를 만난다는 건
타임머신을 타고
과거로 돌아가는 것처럼
신나는 일이다

기억 저편
까마득한 일들이
새록새록
펼쳐지기도 하고

묻혀 있던 또 다른
세월의 깊이를
경험하기도 한다

오랜 친구란
나를 비추는 거울이요
서로의 아픔을 보듬어주는
큰 항아리이다

사랑과 배려, 기쁨과 용서

사랑은
상대방을 즐겁게 해 주는 게 아니라
싫어하는 것을 하지 않는 것

배려는
상대방이 싫어하는 것을
하지 않는 게 아니라
늘 관심을 갖고 지켜주는 것

기쁨은
상대방에게 웃음을 주는 게 아니라
일이 있을 때마다
생각나게 하는 것

용서는
상대방을 이해해 주는 게 아니라
내 모든 걸 내려놓는 것

4부 불법의 향기 속에

신년 해돋이

임진년 새해
벽발산 자락 숲길 따라
풋풋한 황톳길 밟으니
이제 막 선잠을 깬
계곡 찬바람에

싸아한 솔내음
코끝을 간지럽히고

저만치
구름 위에 떠 있는
암자에 올라
심중소원 발원하고서

발아래 내려다보니
운무에 잠겨 있는
꿈꾸는 안정사 계곡

간간이 쏟아지는
투명한 햇살 사이로

한겨울의 소나무는
더욱 푸르다

허허로이 벗어버린
나무들 사이로
철 지난 단풍잎처럼
알록달록 등산객들
온 산을 수놓는다

풍경소리

파아란 하늘을
용궁 삼아
외로이 헤엄치다가

한 움큼 소슬바람에
금빛 비늘
황금으로 쏟아지고

은은하게 울려 퍼지는
풍경소리는
추녀를 타고 넘어
사바로 흘러들어

고요 속에 묻힌
산사에
고즈넉이 내려앉는다

맑고 고운 저 소리는
선계의 음색인가
속세에 찌든

우리네 마음을
어여삐 쓰다듬는다

부처님

한 걸음
또 한 걸음
가쁜 숨 몰아쉬며
절 도량을 들어서서
석간수 한 잔 들이키니
세간에 찌든 마음
벌써 홀가분한 기분

마음 가다듬고
불전에 향 사르고
촛불 밝혀 두고서
심중소원 간절하니
부처님 벌써 아시는 듯
빙그레 웃으시네

인자하신 그 모습에
속마음 들킨 듯
복사꽃 같은 홍조 피어올라
몸 둘 바를 모르는데
은은한 향내음에

평온을 다시 찾고
부처님전에 간절한 마음
나무아미타불

석탑

인적 없는 산사에
솔향기 넘쳐흐르고
달빛 내려앉아
외로이 서 있는 돌탑

모진 비바람
천년 세월 견뎌내고
이끼 낀 돌틈 새로
빼꼼히 얼굴 내민
한 떨기 야생화

인고의 세월
끈질긴 생명력에
잠시 숙연해지고

교교한 달빛 속에
합장하는 여인
무슨 사연 그리 많아
깊은 산속 이곳까지
기도하러 왔는가

봉정암 가는 길

설악의 험한 길
산도 설고 길도 낯선
가파른 꼬불길을
구도하는 마음으로
찾아드는 봉정암

깔딱고개 넘고 넘어
숨이 턱에 닿을 즈음
바람결에 들려오는
그윽한 목탁소리

설악의 산행에
파무침이 되었지만
옷매무새 가다듬고
한 걸음
또 한 걸음

저만치
웅장한 산세 속에
포근한 부처님도량

여기가 도솔천
봉정암이라네

목탁 소리

깊은 산중
산사에 울려 퍼지는
저 소리는
수중고혼을 천도한다는
목탁 소리이다

나무와 나무의 부딪침에서
어찌 이리 고운
자연의 소리가 나오는지
듣는 사람의 심금을
울리게 한다

그래서
절에서 스님들이
제일 많이 사용하는
불구佛具 중 하나이다

목탁 소리가
싫지 않은 걸 보면

난 역시
산중체질인가 보다

산사에서

그저
바람결에 나부끼는
오동잎 소리만
서걱거릴 뿐

도토리 줍는
청설모 말고는
모든 게 멈춰버린 듯한 시간

추녀 끝에 매달린
풍경소리에
산사는
고요 속에 잠든다

멀리서 들려오는
짝을 찾는
산짐승 울음소리
한낮의 적막을
더해만 간다

연꽃

지난겨울
혹독한 추위에
꽃대를 물에 담그고
말라 비틀어져
죽은 듯 미동도 않더니

어느새
연둣빛 새순 하나둘
쏘옥 – 솟아올라
파란 손바닥 펼치니
불어오는 바람에
하늘하늘 –

수줍어 하얗게 피어나는
백련
청빈한 선비에 비길 건가
부끄러워
선홍색으로 피어오르는
홍련
여염집 규수에 비길 건가

처염상점의 꽃
불교의 상징인 꽃
연꽃이라네

해우소解憂所

절에 가보면
예쁘고 아름다운 곳이 많지만
그 이름에서 묻어나는
아름다움도 많다

여러 전각과
요사채의 이름이 있지만
난 -
해우소라는 아름다운 이름을
좋아한다

근심에서 해방되는 곳이
이곳 말고 또 어디 있겠는가

해우소는
절에서 부르는
화장실의 예쁜 이름이다

인연

오랜 세월
지나고 나서
그때 느꼈네
당신과 내가
인연이었다는 걸

바람에 홀씨 날려와
바위틈에 내려 앉아
발 뿌리를 내릴 때
그땐 미처 몰랐네
내가 살아날 것이라는 걸

모든 것은
원인과 결과가 있는 것
원인 없이 결과 없듯이
당신 없이
내가 있을 수 없다는 걸
이제 깨달았네

승무

새하얀 장삼자락
허공에 날리우고

한소절 곱게 접어
품속에 간직하니

고깔 속에 피어나는
염화시중의 미소

꺼질 듯 말 듯 타오르는
향초의 그윽함에

숙연한 춤사위는
천상을 나르고

서러운 님 가시는 길
좋은 인연 만드오니

스님의 염불소리에
서쪽 하늘 열렸네

유유상종

산새들
울음소리 들으면
마음이 상쾌하다

절 도량에 내려앉아
한가로이 노는 모습을 보면
앙증맞고 귀엽고
또 사랑스럽다

어쩌다 손님이 오면
놀라 푸르르 날아가지만
그래도
도량에서 함께 사는 식구라고
나에겐 관대한 편이다

산새들처럼
심성이 곱게 물들면
유유상종하려나

한계암

어디론가
떠나고픈 하루
표충사의 산내 암자
한계암을 오른다

금강동천 맑은 계곡
숲길 따라 동행하니
물소리 산새소리
선경이 따로 없네

저만치
높은 곳에 금강폭포
삼단 같은 물결
흩어져 부서지니
물안개 피어올라

벼랑 끝에 걸터앉은
한계암
구름 속으로 숨는다

네댓 명이 들어서면 꽉 차는
수줍고 어여쁜 법당은
서기와 충만함에
신심이 절로 나고

보슬비 내려와
처마 끝으로 떨어지는
운무에 쌓인 도량은

공양주가 따라주는
녹차향과 어우러져
정신이 아득하다

어찌 이리도
아름다울 수가…

일주문

산사 초입에
힘에 겨운 듯
머리에 가득 짐을 이고
덩그러니 서 있는
일주문

전생에
무슨 죄업이 그리 많아
제 몸뚱아리보다 많은
짐을 지고 있는지

속가와 승가를
구분하는 경계로
"방하착"이라는
일깨움을 주는

사찰을 가면
제일 먼저 반기는
아름다운 전각이다

스님으로 살아가기

먹물 옷을 입고
밀짚모자를 눌러 쓰고
한껏 멋을 내고서
도량을 거닐어 보다가

보는 사람 없어
피식 웃어 버리고는
평상에 누웠다

먼발치
법당에서 부처님이
알듯 말듯 한
미소만 보낸다

중아 중아 –
그 시간에 마음공부나
좀 더 하려므나

괜히 마음이 켕겨
책상 앞에 앉아보지만

이놈의 사바와의 인연
언제쯤 내려놓을는지
번뇌만 더 쌓여간다

사월 초파일

지혜의 등불
자비의 등불
평등의 등불을 밝히고
소통과 화합으로
하나 되는 날

오늘은 사월 초파일
부처님 오신 날

곱게 단장한 한복
갈아입고서
설레는 마음으로
님을 향한 발걸음

은은한 목탁소리에
다가오는 평정심

머리 위에 오색연등
꽃비처럼 내려앉고
합장하는 천진동자

그 모습 부처님 같아

옷매무새 고쳐 입고
나직이 불러보는
석가모니불

절 이야기

어릴 적 어머니를 따라
절에 가면
무서운 그림 땜에
가기가 싫은 때가 많았다

그러다
제사를 지내고 행사를 마치면
떡과 과일을 먹는 맛에
두려움도 잊게 되었고
절에서 오래 살고 싶었다

이젠
부처님과의 인연으로
스님으로 살지만

어릴 때 그 순수한
멋모르고 찾던 마음이
더 큰 수행이 된 듯하다

백팔번뇌

몸은
절에 올라와서
기도를 하지만
마음은 집안 생각

삿된 마음에
집중 안 되니
이게 바로 백팔번뇌

볼을 때리는
시원한 바람과
청정한 석간수 한 잔을
들이키고도

무거운 머리를
떨칠 수 없다면
당연히 백팔번뇌

내 마음
내 몸인데도

내 뜻대로 할 수 없다면
이것 역시 백팔번뇌

번뇌에서 해탈하고자
백팔배를 해보지만
절하는 횟수에
신경쓰느라

무심한 염주만 굴리니
오히려
번뇌만 더 쌓여간다

망중한

문득
마음이 허전할 때가 있다
그럴 땐
바람과 흙과 나무가
보듬어 주는
산사로 떠나보자

비좁은 듯한 숲속 오솔길은
떨어지기 싫은 연인에게
고마운 길이며
홀가분하게
자연을 벗을 삼고
천천히 걸어보는 것도
괜찮은 일이다

흘러내리는 계곡물에
목을 축이고
평상에 누워
단풍이 물든 숲 사이로
아른거리는 햇살이

붉은 꽃비가 내리는 듯하다

이 얼마나 좋은
한나절인가

당절(법운암) 예찬

아득한 옛날
산속에
자그마한 사당 있었다

오랜 세월 지나
인적 뜸해지고
폐허가 된 사당을
인연 따라 온 스님이
부처님을 모시고
법운암이라는 절을 지었다는데

차츰 사세가 커지면서
신도님도 늘고
지역의 사찰로
유명세를 탄다

법운암이라는
절 이름이 있는데도
그 옛날
사당이 있었다는 연유로

지금도
당절이라 불리고 있다

사찰과 대밭

어디를 가든
사찰 주위엔
대밭이 널려 있다

봄철엔
죽순 올라와
봄나물을 제공하고

여름엔
푸르른 녹음 속에
온갖 산새들
보금자리 만들고

가을엔
스산한 바람 불어
맑은 공기 선사하며

겨울날
눈이라도 내리면
천상의 선경을 보여주는 듯

아름답기 그지없어

사시사철 변함없이 푸르러
곧고 강하여
선비의 기개에 비유하니

산중 스님들도
정진하라는
선사들의 뜻이려니 -

달마

홀러덩
벗겨진 머리
긴 눈썹에
움푹 팬 눈

뭉툭한 코에
길쭉한 귀
쭉 찢어진 입에
더부룩한 수염

그리고
떡 벌어진 어깨에
늘어진 장삼자락

얼핏 보면
흉측한 산적 같지만

하나하나
새겨 보면

우리에게 친숙한
달마대사이다

초록은 동색

가끔
구치소 법회에 가면
그 사람들과 비슷한
동질감을 느낄 때가 있다

스님의 삭발한 머리와
재소자들의 빡빡 머리

스님들의 회색 승복과
수용자들의 잿빛 수의 색깔

스님들의 단체 생활과
재소자들의 수감 생활

스님들은 본명 대신
법명을 쓰지만
수용자들은 본명 대신
수인번호를 쓴다

그래서인지
우리들의 내면을 보는 것 같아
더욱더 연민이 가고
신경이 쓰이게 된다

정취암에서

지리산 능선 따라
산과 계곡 내려오다
산청 벌에 우뚝 솟은
대성산 자락에

관음의 화신
정취보살의 서기 어린 곳
이름하여 정취암

기암절벽 바위틈에
날아갈 듯한 모습으로 둥지 튼
제비집처럼 날렵한
아담하고 운치 있는 도량

천년 세월을
함께해 온
아름드리 소나무와
바위를 틀어 앉은
느티나무들

이끼 낀 절벽 끝
세심대는
나그네의 마음까지
시원스레 씻어준다

우리가 꿈꾸는 세상

허공을 온종일
날아다녀도
발자국 하나
남기지 않는 새처럼

항상 웃고 있어도
시끄럽지 않은 꽃처럼

호수 밑을 뚫어도
상처 하나 남기지 않는
달빛처럼

흘러 흘러 내려가도
메마르지 않는
넉넉한 강물처럼

향기로운 삶을
살아갈 수 있다면
그건 바로
우리가 꿈꾸는 세상

관세음보살

착하디 착한 효심
더할 길 없어
화관 속에 어머님을
머리에 이고
자나 깨나 보살피는
관세음보살

천 개의 눈과
천 개의 손을 갖고서
세상 모든 사람들의
고난과 역경을
어루만져 주시는
관세음보살

은은한 미소와
어머니 같은 포근함에
어린애부터
나이든 할머니까지
늘 중생들과 함께하는
관세음보살

절로 가는 길

절은
산속에 있어야 맛이다
가는 길 내내
자연을 벗 삼을 수 있고
청정한 물소리
산새 지저귀는 소리
산짐승 울음소리조차
우리네 마음을
맑게 정화시켜 준다

절은
세속과 동떨어져 있어야 좋다
가는 길 내내
마음속 복잡한 일들을
차분히 정리할 수 있는
여유를 갖게 하고
심신을 다독거릴 수 있는
공간을 제공해 준다

절은
절 그대로 참 좋다
자비로운 부처님이 있어
마음 허허로운 이들을
늘 따스하게 감싸주는
어머니 품 같은 곳이다

안면도의 간월암

태안반도의 끝자락
길게 늘어선 안면도
그 안에 또 작은 섬
간월도

바지 걷어 올리고
징검다리 건너듯
자갈길을
폴짝폴짝 건너뛰면
간월암이 반긴다

야트막한 언덕에 올라
경내로 들어서면
서해바다 한눈에 들어오고
수평선에 폭 빠진 듯
절해고도처럼 느껴진다

달빛 아름다운 간월암
밤엔 더욱 운치 있는 간월암
새벽 예불에

선잠 깬 물고기들
합장하여 불성 닦는 곳

5부 아련한 기억 속 그곳으로

해간도

통영 바닷가에
예쁜 섬
해간도

연기 나루에서
폴짝 뛰면 닿을 듯
가까운 곳에 있다

견내량 물길
돌아가는 이곳은
고기도 많고
미역과 해조류도 풍부하다

아름답고 경치 좋아
살기 좋은 이곳에
예쁜 무지개다리 놓였다

동피랑

까치발을 하고
거친 숨을 몰아쉬며
땀을 훔칠 때쯤
가난이
닥지닥지 모여 살고

소라고둥 속처럼
이리 휘고
저리 휜
구불 길을 올라 서면

뭇 생명들이
꿈을 향해
담벼락을 타고 오르는
동피랑이 있다

재개발 논란으로
흔적조차 사라질 뻔한
판자촌에

예쁜 가방을 울러 멘
선남선녀들이
구판장을 기웃거리며
꿀빵과 아이스크림을 들고서

해맑은 웃음을 볼 수 있는 곳
하루 종일
카메라 셔터를 눌러대느라
정신없는 곳

강구안으로 통통배가
그림처럼 떠다니고
중앙통시장 아낙들이
거친 숨소리가 들려오는 곳

꼬불길을 오르내리느라
등이 휜 –
그러나 하회탈 같은
웃음이 예쁜
할머니들을 만날 수 있는 곳

어릴 적 꿈들이
밤이슬처럼 내려앉아
촉촉이

가슴을 적셔주는 곳

여기는
하늘 맞닿은 달동네
동피랑 마을

어둠과 가난
삶의 질곡이 고스란히 배인
과거와
마음 따뜻한
우리들의 어머니와
예술인들이 서로 이웃하고
벽화 마을로 다시 태어난
아름다운 오늘과

영원히
지금처럼 보존이 되어
미래와 공존해야 할
한국의 몽마르트 언덕
동피랑 마을

소매물도

아득한 옛날
뭍에서 떨어져
파도에 떠밀려
외로이 서 있는 등대섬
소매물도

모진 풍파 이겨내고
인고의 세월 겪고서
곱게 단장한
원시의 아름다운 섬
소매물도

투박한 사투리에
살가운 인심
청정한 해산물에
산과 바다가 어우러진
가보고 싶은 섬
소매물도

섬과 섬 사이 바다를 끼고

견우와 직녀처럼
어쩌다 한 번 바닷길이 열리면
관광객들의 동심에
웃음이 피어나는 환상의 섬
소매물도

통영항

미륵산 우뚝 솟아
발아래 내려보니
쪽박처럼 앙증맞은
강구안 은빛바다

공주섬 외로워라
갈매기에 서진 전해
조선소 배 떠날 때
나도 같이 떠나고파

먼 바다 향한 그리움에
잠 못 이루고
출항 날만 손꼽아본다

발개 포구 쪽빛 바다
하얀 요트 사이로
거친 어부들의 만선을 향한 꿈
해조음으로 흩어지고

지친 선창가의 나그네

낚싯대를 드리우고
세월을 낚는다

구름다리 옆
벚꽃길 따라
삼월의 해풍에
시장기를 느끼고
도다리 쑥국에
빈속 채우고 나면

저 멀리
저녁노을 내려앉아
또 하루를 접는다

미륵산

호수같이 아름답고
잔잔한 개여울을 건너
통영포구를 마주하고
풍채 좋게 서 있는 미륵산

일 년 열두 달
사시사철 손님을 맞이하느라
지쳐 –
이제 산 중턱에까지
성형 수술을 하고
찻길을 내고
하늘 길을 내주고서

그래도
아픈 몸 마다하고
길손을 반긴다

이젠
더 이상 아프지 말고
우리들의 사랑 속에

언제나
통영의 안산이 되어
푸르게 푸르게
우리를 지켜다오

금오섬

이순신 장군의 한산대첩지
그 앞바다에
오누이처럼 다정한 예쁜 섬
금오섬 –

거센 파도와 물결에
행여 떨어질세라
물이 빠지면
형제처럼 손잡고 있다

늘어선 해송과
기암괴석이 어우러진
아름다운 형제섬
금오섬

강태공의 사랑과
섬사람들의 애정 속에
오늘도 통영 바다를
묵묵히 지키고 있다

환상의 섬 사량도

통영 가오치에서
배를 타고
아름다운 섬
사량도를 향해 떠난다

형형색색의 등산복을 입고
수많은 산사람들이 찾는 곳

옥녀와 홀아비의
애틋한 전설이 담겨 있는
사량도 옥녀봉

소문만큼이나 험준한 바위
칼날 같은 능선과
만만찮은 가파른 계곡

오늘 따라 추적추적
가을비마저 내려
험준한 옥녀봉을 두고
마주보는 칠현산을 찾았다

험준한 계곡과 구릉을 지나
정상에서 바라보는 사량도는
그야말로
환상의 섬이다

점점이
조가비처럼
수면 위로 떠오르는 작은 섬

하얀 선을 그으며
지나가는 예쁜 선박들

발아래
싱그러운 숲에서 불어오는
해풍과 어울려
섬에 와 보지 않고는
느낄 수 없는
아름다운 섬 사량도

통영 케이블카

미륵산에
통영의 명물
케이블카가 생겼다

아름다운 통영항과
한려수도를 구경하느라고
관광객을 실어 나르느라
줄이 휠 정도로
힘겨워한다

주말이나 휴일이면
케이블카를 타기 위해
뱀 꼬리마냥
긴 - 줄을 서야 하고
주변 상점엔
손님들로 만원이다

통영엔 케이블카가
효자 중의 효자이다
요즘 같은 불경기에

많은 손님 불러들이니
부디 그 손님들께
좋은 인상만 심어 주길…

해저터널

통영의 또 하나의 명물
판데 굴

육지와 섬을 연결하느라
바다 밑으로 굴을 파고
차가 다닐 수 있게 만든
우리나라 최초의 해저터널

이곳을 찾는
수많은 관광객들은
63빌딩의 수족관을
연상하며 찾아오지만

남산 터널 같은
콘크리트 굴만 보고는
금세 실망을 한다

하지만
이 터널을 만드느라
많은 사람들이 희생된

일제시대 선조들의
아픈 역사가
고스란히 묻어 있는
살아 있는 문화유산이다

강구안 풍경

원양호 객선머리
통영 극장 앞엔
늘- 인파가 붐볐다

객지에서 오는 손님들
집으로 가는 뱃사람
섬으로 들어가는 장꾼들-

이젠
쌘판도 사라진
강구안에
관광객이 북적이고

현란한 네온 불빛 속
골목 카페에서
잃어버린 기억을 더듬는다

동충 끝엔
갯내음 말고도
사람 냄새가 풍기는

통영 사람들의
향수가 묻어나는 곳이다

바다의 땅 통영

안뒤산 뒷등
가파른 산길을 올라서면
여황산 꼭대기에
시원한 정자 하나 북포루

사방이 확 틔어
통영 시내가
그림처럼 펼쳐진다

저만치
눈을 들면 한산섬
정면으로 우뚝 선 미륵산
운하를 가로지르는 구름다리

쪽빛 바다에 잠긴 듯한
남망산 공원
앙증맞은 동피랑 벽화마을까지

어딜 보아도 아름다운 고장
어딜 가도 정겨운 고장

어딜 머물러도 포근한 고장
바다의 땅 통영

주남저수지

볼을 간지럽히는
바람이 불면
푸른 물감이 뚝뚝
떨어질 듯한
파아란 하늘 아래
물억새가 손짓한다

너른 저수지에
수많은 새들 –
새들만큼이나 많은 탐방객

이곳은 철새들의 낙원
주남저수지

물안개 속으로
피다만 연꽃대
지천으로 널려 있고
풋풋한 흙내음
들꽃과 어우러져
코끝을 간질이고

살아 꿈틀대는
물억새의 금빛 물결
저무는 가을 녘을
아쉬워한다

섬진강의 매화꽃

지리산 높은 자락
계곡물 한데 모여
섬진강을 이루고

아름다운 섬진나루
매화꽃 활짝 피니
이른 봄에 함박눈 온 듯
산천이 새하얗다

강 따라 길 따라
바람 타고 솔솔
매화향 그윽하고

강가에 어부들
재첩 캐기 바쁘고
봄나들이 상춘객들에
하동포구 요란하다

선유도에서

쾌속선을 타고
서해바다의 짭짜름한
해풍을 맞으며

신선이 놀다 갔다는
아름다운 섬
선유도를 찾았다

점점이
흩어질 듯 이어지고
이어진 듯 멀지 않으니

어릴 때
손바닥 펴서 물장구치던
하동(夏童)마냥
귀엽고 예쁜 섬이다

길게 늘어선
백사장엔
갈매기떼 춤을 추고

이웃의 장좌도엔
과거간 서방님을
오매불망 그리다가
망부석이 되었단다

능선 따라 바위산을
가쁜 숨 몰아쉬며
산 정상에 올라서니
선경이 따로 없네

그림 같은 포구와 펜션
해풍에 시달린
해송과 잡목들
섬과 섬을 이어주는
어여쁜 다리 –

한 폭의 그림 위에선
나는
신선이 되어 버렸다

해남 땅끝마을

남도의 끝자락
해남 땅끝마을

어딜 가도 땅끝은 있고
바다가 시작되는 곳은
그 땅의 끝이다

해남 땅끝마을은
우리나라 반도의 끝이요
찾아가기도 힘든
오지 중의 오지이지만

그곳 사람들의 노력으로
단점을 장점으로 만들어
국민 관광지가 되었다

영월 청령포

하늘을 머리에 이고
푸른 산을 가슴에 품고
동강을 머금은 이곳

절해의 고도처럼
섬 아닌 섬으로 들어서면
단종의 애환이
살아 숨쉬는 듯

천년송은 하늘을 찌르고
발길에 채인 들풀에는
당신의 눈물인 양
방울방울 한이 맺혔다

어디를 둘러봐도
푸른 숲과 맑은 계곡
시원한 바람과 깨끗한 물
아름다운 고장
영월 청령포

불일폭포

지리산 높은 곳을
두어 시간 발품을 팔고
숨이 턱에 닿을 때쯤
불일폭포에 올랐다

눈앞에 펼쳐지는
폭포의 웅장함과
우렁찬 물소리에
고생했던 산행이
씻은 듯 사라지고

삼단같이 늘어뜨린
폭포의 물줄기가
쌀가루를 뿌려 내리는 듯
은빛으로 부서지고
하얀 포말은
햇살에 반사되어
무지개 타고 오른다

이끼 낀 푸른 암벽 사이로
비껴선 태양이
폭포 너머 계곡을
어루만지며
해맑은 미소를 띠운다

추월산

추월秋月에 산 깊어
담양호에 가라앉고
골안개 피어올라
하얀 융단
너른 호수를 삼켰다

지난여름
모진 비바람에
온 산을 할퀸 듯
길목마다 드러누운
아픈 나무들 사이로

꿋꿋이 일어서서
살아 숨쉬는
숲을 보면서

자연의 섭리를
겸허히 받아들이는
나무에게서
경외감을 느껴본다

가파른 오르막 전망대엔
병풍 속의 그림이
펼쳐지고

벼랑 끝에 발돋움한
보리암은
아찔한 현기증에
제비집이 무색하다

발아래 −
도량에서 내려다보는 담양호는
추적추적 내리는
가을비와 함께
추월의 빛깔만 더해간다

정동진

동해 한바다의 시작점
한반도의 정동쪽
일출이 아름답고
모래톱 사이로
간이역이 있는 곳

문득
기차를 타고
푸른 파도 넘실대는
정동진으로 떠나고 싶다

끝없는 수평선에
너른 백사장
하염없이 밀어붙이고
쓸어내리는 하얀 파도

해맑은 미소로
즐거운 동심들
여행객들의 추억과

낭만을 안고
웃어라 동해야!

내연산 12폭포

산자수명이면
명경지수라
이름하여 보경사 계곡

골 깊고 물이 맑아
여인의 열두 폭 치맛자락처럼
굽이굽이 12폭포가
숨어 있는 곳

뱀 꼬리마냥
긴 – 계곡 사이로
폭포의 물 흐르는 소리
온 산에 울려 퍼지고

무심한 흰 구름은
흐르는 듯 멈춰 있고

물안개 피어오르는
하늘 끝자락에
선녀가 하강하는 듯

영롱한 무지개다리
아름답게 수놓는다

해남 달마산

남도의 끄트머리
천년고찰 미황사
그 너머로 달마산이
병풍처럼 둘러 있고

톱날처럼 날을 세운
험준한 바위능선
키 재기를 하는 듯이
옹기종기 늘어섰다

고갯길 돌고 돌아
하늘 맞닿은 곳에
도솔암이 바위틈에
숨은 듯이 앉아 있고

발아래로 펼쳐지는
운무 속의 달마산은
붉게 타오르는 단풍과 함께
도솔천이 따로 없다

포항 호미곶 일출

하늘이 처음 열리던 날이
이러했을까

겨울의 새벽 바다는
바람을 타고
하얀 이빨을 드러낸
백상아리처럼
난폭하기 그지없다

뼛속까지 시려오는
초겨울의 칼바람에
자라목처럼 웅크리고 서서

시린 하늘 끝자락을
묵묵히 쳐다보는 사람들
그 사람들을 마중 나온 듯한
갈매기떼 –
마치 곡예비행을 하듯
군무를 한다

해무가 짙게 드리운
수평선 위로
금세 구름끝 능선에
산불을 놓은 듯
노란 불꽃이 번져가고

터진 구름 사이로
빛내림이 선명하게
바다로 꽂히더니

술렁이는 군중 사이로
상생의 구릿빛 손 너머
저 –
장엄한 태양이 솟아오른다

포항제철소 용광로의
황금빛 쇳물처럼
눈부신 일출의 장관이
화려하게 펼쳐진다

부는 바람도
일렁이는 파도도 잠시
숨을 멈춘 듯한 착시 속에
우리 모두는 하나가 되고

가슴속에서 꿈틀하고
솟아오르는
무언가 모를 뜨거움을 느낀다

환희와 열정
그리고 희망을…

현암 예원

강원도 횡성골 굽이굽이
감자가 영그는 비탈길을 돌아
선녀가 강림하는 듯
골안개 머금은 개여울을 건너

현암과 예원이가
소꿉놀이하는
무릉도원을 찾았다

홀컵 없는 넓고 푸른 잔디 위로
하늘을 찌르는 듯한
홍송의 늠름함에

당차고 웅장한 본관 건물
건너 쪽에 다소곳이 숨은 안채

격조 높은 악기 박물관을
갖다 놓은 듯
소극장을 연상시키는
웅장한 뮤지엄 –

품격 있는 콜렉션에
바리스타의 커피향까지
오감이 즐겁고
찰나의 순간 속에
선과 속의 경계를 넘나드니
이상향이 바로 여기로세

저만치 −
덩그러니 매달려 있는
그네 위를
지나던 바람이 사뿐히 앉아
흔들고 있다

월송月松 스님

경남 통영에서 태어나 통영중·고, 경남대를 졸업하였다.

1981년 법운암에서 해담 스님을 계사로 춘성 스님을 은사로 출가하여 월송이란 법명을 받았다. 37년을 외길로 법운암에서 주지 소임을 맡아 수행과 포교에 노력하고 있다.

또한 통영불교사암연합회 고문, 대한불교법화종 종회의원, 통영경찰서 경승실장, 통영구치소 교화의원, 통영시 종합사회복지관 자문위원 등을 맡아 활발히 활동하고 있다.

축구를 좋아해서 미륵동우회, 육팔축구회의 회원으로 주말이면 운동장으로 뛰어다니는 정말 바쁜(?) 스님이다.

출가 30년을 기념하여『스님은 왜 머리를 안 깎으세요?』라는 수필집을 펴냈으며, 2012년 법무부장관 표상, 통영시장상을 수상한 바 있다.

산사에서 부르는 침묵의 노래

초판 1쇄 인쇄 2018년 6월 27일 | 초판 1쇄 발행 2018년 7월 7일
지은이 월송 | 펴낸이 김시열
펴낸곳 도서출판 운주사

(02832) 서울 성북구 동소문로 67-1 성심빌딩 3층
전화 (02) 926-8361 | 팩스 0505-115-8361
ISBN 978-89-5746-521-9 03810   값 14,000원
http://cafe.daum.net/unjubooks 〈다음카페: 도서출판 운주사〉